AF297786

Gervais   a la mémoire de M. Dran
Curé de Courroy

A LA MÉMOIRE

DE

M. DRANCOURT

CURÉ DU CAUROY.

Pourquoi, partout ici, cette tristesse amère
Et ces sombres apprêts d'un convoi funéraire?
C'est donc vrai?... Vous partez, ô bien digne pasteur,
Vous partez, nous laissant seuls avec la douleur,
Tristes et désolés, sans force et sans courage
Comme des naufragés perdus sur le rivage?
Hélas! hier encor, rayonnant de santé.
Admirant la nature en toute sa bonté,
Vous parliez d'avenir et d'existence heureuse,
Quand ce matin la mort, avec sa mine hideuse,
Arrive à votre porte et dit : « de par loi,
Ouvrez, sans plus tarder ; c'est moi, c'est déjà moi!.. »

En vain, parents, amis, de nos voix obstinées
Voulions-nous obtenir encor quelques années ;
De son air dédaigneux, l'impitoyable mort
Nous a dit : « Taisez-vous! Ainsi le veut son sort! »
Privés d'une amitié si pure et si sincère,
Que nous restera-t-il, sur cette pauvre terre?
Vous étiez notre guide et notre bon soutien ;
Au milieu des écueils, il ne nous reste rien
Pour braver les dangers surgissant à l'envie
De ce vaste océan qui s'appelle la vie.

Malheureux ! qu'ai-je dit? il ne nous reste rien
Quoi ! rien d'une existence en tout vouée au bien?
Pardon, mon Dieu? pardon, dans la douleur j'oublie,
Qu'il nous laisse en·partant l'exemple de sa vie.
Ce prêtre si parfait, des villes désiré,
De tous en général, respecté, vénéré :
C'était votre chef-d'œuvre, et votre providence
Nous l'avait envoyé de toute préférence.
Mais de ce benjamin, au céleste séjour,
Pouviez-vous plus longtemps attendre le retour ?
Non, car pendant vingt ans les plus belles prémices
De son saint ministère avaient fait nos délices.
Nous montrant le chemin du bonheur éternel,
Vous nous l'avez prêté pour nous conduire au ciel;
Tout ce que vous donnez, ce n'est point pour reprendre ;
Mais ce que vous prêtez, il faut bien vous le rendre.

Avant que dans la tombe on scelle pour toujours
ces restes précieux, objet de tant d'amour,
Permettez saint pasteur qu'en ce triste jour même,
Se montrent, vos vertus, dans leur gloire suprême.

Mais dépeignons d'abord toute l'impression
Que causa parmi nous, la résignation
Dont vous avez fait preuve à la fin de la vie,
Et dans tous les tourments d'une triste agonie.
Il était donc écrit que toujours ici-bas,
Vous resteriez grand même au seuil du trépas ;
Car la mort, oui la mort, aux autres si terrible,
Devant vous reculait, vous voyant impassible,
Nous enseigner à tous comment on doit souffrir,
Et comment, sans trembler, un chrétien doit mourir.
Heureux qui comme vous peut avec assurance,
Oser dire à la mort : « Je suis prêt, entre, avance. »

Oh ! *fille du néant, quel air désappointé,*
J'ai cru trouver en toi devant la dignité
De ce prêtre, mourant sans t'adresser de plainte,
Sans daigner t'honorer d'un mouvement de crainte.
Sinistre créancière, attachant ton bonheur,
A venir torturer ton pauvre débiteur.
Toi, qui souris de joie en voyant ses alarmes,
En goûtant ses douleurs, en savourant ses larmes ;
Qui trouves ton plaisir dans les gémissements,
Dans les convulsions, les grincements de dents ;
Dont la haine pour nous ne sera satisfaite
Qu'en voyant devant toi notre ruine complète,
Oh ! si, dans ce moment, tu nourrissais l'espoir
De te désaltérer à la source des larmes
Qu'aux moribonds tu vois avec autant de charmes,
Pour cette fois, du moins, tu peux attendre en vain
Ce plaisir toujours cher à ton cœur inhumain ;
Car aujourd'hui, pour toi, devant cette agonie,
Tu ne trouveras rien au goût de ton envie.
Tu peux doubler ta rage, augmenter tes tourments,
Contre Monsieur Drancourt, tes coups sont impuissants,
Ayant, dans son Dieu seul, placé son espérance.
En te voyant venir, il voit sa récompense.

Oui, vos derniers moments, ministre du Seigneur,
Resteront à jamais gravés dans notre cœur,
Pour y perpétuer le souvenir intime,
De la dernière scène, admirable et sublime,
Où votre grand courage et votre fermeté,
En vous voyant si tôt près de l'éternité,
Vint nous montrer la foi dans tout son grandiose,
Dans toute sa plus grande et belle apothéose.
Je crois revoir encor ce sang-froid surhumain

Qui vous dicta ces mots d'un air calme et serein :

« Amis, je vais mourir, bientôt va sonner l'heure
« Désignant mon départ pour une autre demeure.
« Mes moments sont comptés et, sans illusion,
« Je vois déjà venir la séparation.
« La séparation !..... suprême sacrifice
« De ce que nous aimons avec tant de délice,
« Foudroyante rupture à tout bonheur humain,
« Où le chrétien voit seul un avenir certain.
« Encor quelques instants, j'aurai fui cette plage
« Et d'un monde nouveau, je verrai le rivage,
« Du délai qui me reste, amis si généreux,
« Donnons encor un jour à nos derniers adieux.

« Ma bonne et tendre Sœur, ô vous qui dès l'enfance,
« N'avez placé qu'en moi votre seule espérance
« En me sacrifiant, à jamais et toujours,
« L'avenir si flatteur du printemps de vos jours
« Pour passer réunis l'automne de la vie
« Dans le calme parfait d'une amitié bénie.
« Heureux et souriants, prêts de toucher au port,
« Nos projets font naufrage engloutis par la mort.
« Mirage radieux ! charmante perspective
« De la félicité, voguez à la dérive !
« Espoir si ravissant, douce ivresse du cœur,
« Rêves d'or et d'azur, faisant croire au bonheur,
« Fuyez, cédez la place à la douleur amère.
« Aux chagrins et aux pleurs, au deuil sombre et sévère !

« Hélas ! ici, ma Sœur, si tout finit pour nous,
« Donnons à nos désirs un autre rendez-vous.
« Pour trouver son repos toujours l'homme propose,
« Toujours l'homme s'agite et Dieu seul en dispose.

« *Acceptons ses décrets, sa sainte volonté,*
« *Et ne cherchons qu'en lui notre félicité.*
« *Pour un peu de bien-être, incertain, périssable,*
« *Nous trouverons au Ciel un bonheur immuable.*

« *Et vous. jeune Docteur que je quitte au moment*
« *Où commence pour vous un avenir riant ;*
« *Auprès de cette épouse à qui la Providence*
« *Prodigua tous ses dons avec tant d'abondance,*
« *Et qu'une tendre mère éleva constamment*
« *Dans les vertus qui font son plus bel ornement.*
« *A cette douce amie, à cette âme si bonne,*
« *Rendez donc sans compter le bonheur qu'elle donne*
« *Et qu'ensemble vos jours tout émaillés de fleurs*
« *Ne connaisse jamais les chagrins et les pleurs.*

« *Bien-aimés Paroissiens dont l'amitié si chère*
« *Me donne en ce moment un regret si sincère,*
« *Pour toutes vos bontés, pour tant de dévouements,*
« *Recevez de mon cœur tous les remerciements.*
« *J'ai goûté parmi vous, le vrai bonheur du prêtre :*
« *Vos pieux sentiments faisaient tout mon bien-être,*
« *Et votre bon esprit, votre accord si parfait,*
« *Vos prévenants égards me comblaient à souhait.*
« *J'avais dans l'avenir de belles espérances,*
« *Qui devaient nous donner de pures jouissances ;*
« *Quand, presque sur le point de les réaliser,*
« *Le vent de la mort passe en venant tout briser.*
« *Du moins, mes chers amis, recevez l'assurance*
« *Que je vous ai donné toute ma préférence.*
« *Et qu'heureux près de vous, en toute occasion,*
« *Je bornais au Cauroy ma seule ambition.*
« *Si j'ai, sans le savoir et sans la moindre haine,*
« *Pu causer à quelqu'un la plus petite peine,*

« *Qu'il daigne en ce moment m'en donner le pardon,*
« *Car j'en aurais au cœur un regret bien profond.*
« *Mais j'aime mieux penser qu'aucun nuage sombre*
« *N'a jamais pu, sur nous, faire planer son ombre ;*
« *Et que dans nos rapports, toujours si bienveillants,*
« *Il n'exista jamais aucuns dissentiments.*

« *Adieu, chers Paroissiens, adieu ma Sœur, mon Frère,*
« *Et tous ceux que j'aimais sur cette pauvre terre ;*
« *Espérant vous revoir dans la Sainte Sion,*
« *Je vous donne en partant ma bénédiction !* »

« *Dès ce triste moment votre âme recueillie,*
S'absorbant tout entière aux soins d'une autre vie,
N'eut plus d'autres désirs que d'obtenir des cieux,
Le bonheur d'être admis au séjour des heureux.
Aussi de quelle ardeur, de quelle foi publique,
Reçûtes-vous, ravi, votre Saint Viatique !
Torturé par le mal, brisé par la douleur,
Vos traits tout radieux annonçaient le bonheur,
Et nous faisaient revoir, au vol de la pensée,
Une scène de Rome et de son Colysée
Où de nobles martyrs arrivaient souriant
Se jeter en pâture aux lions rugissants,
Pour mourir au milieu des plus cruels supplices
Trouvant dans la douleur, leurs plus grandes délices.
De même tout en Dieu, le regard vers le Ciel,
Remîtes-vous votre âme au sein de l'Éternel,
Semblant déjà goûter ce bonheur sans mélange
Qui, dans le Paradis, doit combler tous les Anges.

Oh ! foi des anciens jours ! foi des premiers chrétiens
Qui ont lassé le fer, la rage des païens !

Ceux qui pourraient douter de toute la puissance,
Des merveilleux effets de ta sainte assistance,
C'est que, pris par l'orgueil d'un sot aveuglement,
Ils ne voient point ton œuvre au chevet d'un mourant.

D'où lui viendrait ce calme au fort de la souffrance,
Cette sérénité pleine de confiance,
S'il n'espérait revoir, au céleste séjour,
Tous ceux qui sur la terre avaient son seul amour ?
Doutez, nouveaux savants, dont la philosophie,
Voudrait nous enlever l'espoir d'une autre vie.
Ne serait-ce qu'un leurre et qu'une fiction ?
Oh ! laissez-nous, ce rêve et cette illusion !.....
Goûtez, à votre choix, une autre jouissance,
Mais ne nous brisez point cette chère espérance,
Qui réjouit notre âme, enchante notre cœur,
Et nous fait entrevoir le suprême bonheur
En nous donnant toujours cette douce assurance,
Qu'au-delà de la mort est une autre existence.

Il ne nous reste donc, ô bien aimé pasteur,
Qu'à suivre les vertus qui, vous faisant honneur,
Ont tracé parmi nous cette route bénie,
Que nous suivrons toujours le long de notre vie ;
Qu'à graver dans nos cœurs l'éclat de vos actions
Devant survivre un jour à nos générations ;
Et pour gage d'amour, prouver par nos prières,
Que nos regrets si vifs étaient vraiment sincères.

Ces regrets, cet amour, croyez dès maintenant
Qu'ils resteront intacts jusqu'aux derniers moments,
Et que votre mémoire, à jamais sur la terre,
Sera toujours pour nous précieuse et bien chère.

Prenez-en pour garant la consternation
Qui trouble en ce moment notre population ;
Et daignez pardonner à ma grande imprudence
D'essayer de vous peindre, en toute sa puissance,
Le bouleversement, le complet désespoir
De tous les paroissiens dont vous étiez l'espoir.

En apprenant soudain que, pris d'un mal terrible,
Vous étiez menacé d'une mort bien pénible,
Et qu'en plein désarroi l'art était impuissant
A pouvoir prolonger vos jours d'un seul instant.
Tout semblable à l'éclair, une stupeur profonde
Vint s'abattre sur nous pour gagner tout le monde ;
Et comme sous le coup d'un accident fatal
Devant nous accabler d'un malheur général :
Tout à l'instant se tait, tout apparaît de glace,
Tout bruit réjouissant disparaît et s'efface,
Tous les travaux du jour restent là suspendus,
Et si l'on se rencontre, on ne se parle plus.
Des pleurs en abondance inondent les paupières.
Au salon du château comme dans les chaumières,
Ensemble on voit gémir le veillard et l'enfant,
Le pauvre malheureux et le riche opulent ;
C'est bien le deuil public à la mine effarée,
Exilant tout bonheur de notre âme éplorée ;
C'est bien enfin partout la désolation
Visitant, sans pitié, chaque habitation
Pour jeter brusquement tous les cœurs en détresse
Et semer, parmi nous, le chagrin, la tristesse.

De vos meilleurs amis, c'est Monsieur de Beauffort,
qui le premier s'afflige et comprend votre sort
En voyant accablé d'une telle souffrance

Celui qui possédait toute sa confiance.
Lui, qui, comme saint Louis, sait porter le malheur
Et les maux de ce monde avec calme et grandeur,
Ne peut cependant point refouler cette larme
Qui, lui tombant des yeux, vient prouver son alarme,
Et ses traits vénérés annoncent l'émotion
Que peut seule inspirer la vive affection.
Ah ! c'est qu'il sait trop bien qu'en vous perdant si vite,
Nous perdons un cœur d'or et une âme d'élite :
Trésor bien précieux, recherché constamment,
Mais toujours ici-bas trouvé bien rarement.

Madame la baronne avec sollicitude,
Malgré toute la neige arrive d'habitude
Plusieurs fois chaque jour, demander et savoir
Si votre état paraît, promettre un peu d'espoir,
Dans son âme chrétienne elle a la confiance
D'implorer pour secours la sainte Providence.
S'apercevant bientôt que tout demeure vain,
Que tout devient rebelle aux soins du médecin ;
« Prions du fond du cœur, dit-elle à sœur Marie,
« Pour que ce bon pasteur ne quitte point la vie ;
« De la vierge de Lourde implorons donc l'appui,
« Et, pour être exaucés, promettons aujourd'hui
« D'aller reconnaissants, tous en pèlerinage,
A sa grotte lointaine adresser notre hommage. »

Aux pieds de votre lit, aussitôt à genoux,
Nous avons au bon Dieu fait tous ces vœux pour vous ;
Et déjà dans notre âme une lueur d'espérance
Venait de ramener un peu de confiance,
Quand éclatent ces mots : « Monsieur Drancourt se meurt !
Monsieur Drancourt est mort ! quel malheur ! quel malheur ! »

Qu'oser dire ô mon Dieu ? pauvres petits atômes,
Bien chétifs vermisseaux, poussière que nous sommes,
Perdus dans la grandeur de votre immensité,
Ce serait bien en vain, qu'avec témérité,
Nous voudrions tenter de vouloir connaître
La cause des rigueurs que vous faites paraître.
Nul ne pourra jamais pénétrer vos desseins,
Ni comprendre et juger vos arrêts souverains :
Ces secrets mistérieux sont de votre domaine
Et ne sont point faits pour la nature humaine ;
Attributs souverains de la divinité,
Il faut, sans murmurer, suivre sa volonté.

Dès l'aurore suivant cette nuit affreuse
Qui rendit la paroisse à jamais malheureuse,
Autour du presbytère, en groupes différents,
Une foule attristée exprime ces accents :
« Tout dans l'Abbé Drancourt, répète tout le monde,
Inspirait le respect et l'estime profonde.
Quel tact ! quelle bonté ! Quelle distinction
Brillaient toujours en lui en toute occasion !
Quel profond jugement ! quelle rare prudence !
Quels talents variés ! quel puits de science !
Qu'une humble modestie allait presque toujours
Cacher loin de l'éclat et de l'encens du jour.
Toujours dans ses sermons, à sa voix attrayante,
Notre religion devenait séduisante ;
Car sa grande éloquence, en pénétrant les cœurs,
Quoique toujours bien simple, était riche en splendeurs.
Ses brillantes vertus, sa conduite admirable,
Chassèrent loin de nous le dicton déplorable
Que l'on prête au clergé : « Faites ce que je dis,
Mais non comme je fais, comme souvent je vis. »

Occupé seulement de son saint ministère,
Dont il fut en tout temps l'esclave bien sévère,
Il laissait à chacun toute la liberté
De régler sa maison selon sa volonté.
Et, quoique bien fidèle à sa foi monarchique,
Jamais il n'entamait de débat politique.
Ayant la pureté de l'étoile du soir
Et gardien vigilant de l'honneur, du devoir,
A sa porte, jamais l'ignoble calomnie
N'osa venir roder ni se montrer en vie. »

Imitant en tout point le divin rédempteur,
Le travail pour le Ciel était tout son bonheur.
Soutien des malheureux en secret, son aumône
Sans obstentation n'en était pas moins bonne.
Il ne s'occupait point du corps et de l'esprit,
Mais cherchait à gagner des âmes à Jésus-Christ.
Aussi, quel bon accueil et quelle bienveillance
Témoignait-il toujours à la triste indigence !
« Le pauvre, disait-il, nous apporte en un jour
« Plus que nous ne pourrons lui donner en retour.
« Faisons donc de bon cœur notre petite offrande
« A l'indigent qui vient en faire la demande ;
« En donnant notre sou, en offrant notre pain,
« C'est Dieu qui remercie et bénit de sa main. »

Si, comme il est certain, Dieu par reconnaissance
A permis que votre âme ait gardé la puissance
De juger la douleur, d'entendre les sanglots
De cette foule immense, arrivant à grands flots
Assiéger en pleurs votre chapelle ardente,
Pour y venir prier d'une ardeur bien fervente
Et contempler encor, d'un regard douloureux,

Vos traits si vénérés qui, restant radieux,
Semblaient vouloir prouver que la mort avait l'ordre
De vous l'aisser intact sans le moindre désordre.
Nous faisant voir ainsi qu'entré même au tombeau,
Le juste doit toujours en tout temps rester beau :
(Les saints pouvant passer à la gloire future
Sans se décomposer, sans aucune souillure.)

Oh ! si réellement, du céleste séjour,
Vous avez put comprendre et juger notre amour,
En voyant aujourd'hui, dans sa grande étendue,
Cette immense douleur parmi nous répandue.
Daignez nous l'avouer, comptiez vous bien vraiment
Trouver parmi nous tous un pareil dévouement ?
Et dans le paradis, s'il est encor possible
D'éprouver, dans la joie, un souvenir pénible,
N'avez-vous pas alors, peut être regretté
Le bonheur d'ici bas que vous avez quitté ?
Quelqu'un a-t-il laissé dans son séjour sur terre
Un respect plus profond, un amour plus sincère ?
Car, pour vous conserver, s'il eut fallu de l'or
On aurait tout offert, argent, bijoux, trésor.
Le sou du malheureux, le don de l'opulence
N'aurait jamais laissé votre cause en instance ;
Chacun pour vous soigner, chacun pour vous servir
N'est-il pas accouru témoigner le désir
De vous donner sa part de bons soins et de veilles,
Montrant tous ensemble des volontés pareilles
A soulager vos maux, à calmer la douleur
Qui, menaçant vos jours, brisaient notre bonheur ?
Pour tacher d'adoucir un peu votre souffrance,
Tout le monde voulait vous prêter assistance :
Le noble et l'artisan arrivaient tour à tour

Vous donnant volontiers la nuit comme le jour,
Oh ! jamais, non jamais, les puissants de ce monde
Ne laisseront ici d'amitié plus profonde !

Revoyez un instant cette sainte maison
Ou vous serez toujours en vénération ;
Dans ce charmant asile où les yeux de l'enfance
Etaient hier encore, pleins de réjouissance ;
Où l'on voyait partout régner cette gaieté
Reflétant la douceur avec la pureté ;
Chez ces tendres enfants aux yeux si pleins de charmes,
Ce n'est plus que sanglots, ce n'est plus que des larmes.
Remarquez même aussi, ces petits chérubins
Qui sanglotent si fort, avec tant de chagrins :
Ils n'ont, peut être encor, que cinq ans bien à peine
Et déjà la douleur leur fait porter sa chaine......

Devrai-je l'avouer ? nos Sœurs de Saint-Vincent,
Aux desseins du Seigneur soumises constamment,
Bravant tous les dangers, même aux champs des batailles,
Au milieu de la peste, au milieu des mitrailles,
Les premières enfin au devant du malheur,
Sembleraient cependant faiblir sous la douleur
En voyant vous ravir cette admirable vie
Qu'un si riche avenir rendait digne d'envie.

Mais dans de telles femmes le découragement
Ne peut guère demeurer qu'un bien petit moment,
Et bientôt disparaît cette sombre tristesse
Qui voudrait tout à coup nous montrer leur faiblesse ;
Car la foi sans tarder, vient leur tendre la main
Et dissiper leur peine en calmant leur chagrin.

Je comprends bien, dit-elle, mes charitables dames

Les regrets douloureux qui contristent vos âmes ;
Vous perdez, je le sais, un bien bon directeur,
Mais ne gagnez vous pas un puissant protecteur ?
Ne laissez donc pas croire, en vous voyant si tristes,
Que vous pouvez avoir des regrets égoïstes :
Celui que vous pleurez est avec les heureux ;
Il brillait sur la terre, il brille dans les cieux.
Oh ! oui n'en doutez pas, votre noble et saint prêtre
Est auprès du bon Dieu votre digne interprêtre.
De son trône abordant la grande majesté,
Comme un fils bien soumis, mais plein de dignité ;
Ses instances toujours presque continuelles,
Vous feront obtenir bien des faveurs nouvelles.
Il sera là sans cesse, à chaque instant, toujours,
Enumérant au Christ tout vos gages d'amour :
Le mépris des plaisirs dès votre jeune enfance,
Vos vœux de pauvreté, de sainte obéissance,
Votre abnégation, vos chants purs et divins
Qui feraient même envie aux heureux séraphins.
Tout enfin, réuni, par lui mis en avance
Augmenteront les droits de votre récompense.
D'ailleurs votre seul espoir, en ayant tout quitté,
C'était d'avoir le Ciel pour une éternité.
S'il est un travailleur qui mérite d'avance,
D'y recevoir plus tôt toute sa récompense ;
Pouvez vous, dites-moi, pleurer longtemps le sort
De celui qui, plus vite, y parvient à bon port ?
Et pour Monsieur Drancourt, la sainte providence
Ne devait elle pas marquer sa préférence ?......

Ecoutez maintenant ce pauvre et bon vieillard
Qui pour vous voir encor, est arrivé trop tard ;
Et qui ne demandait, comme faveur bien chère,

Que de se voir bénir à votre heure dernière.
Auprès de votre grille, en tremblant, il est là
Assis sur un vieux tronc tout enduit de verglas.
Des larmes à torrents tombent de ses paupières
Comme feraient les jêts de profondes gouttières.
Ses traits, pâles et défaits, annoncent le chagrin
D'une existence brisée allant à son déclin.
Il ne sent même point qu'il est couvert de givre,
Mais semblerait plutot bien fatigué de vivre.
Oh ! monsieur me dit-il m'arrêtant au passage,
Que vais-je devenir, maintenant à mon âge.
Seul sous mon toit désert, n'ayant dans l'abandon
Qu'une douleur amère et des maux à foison ?
Si le malheur est lourd à la fleur de notre âge,
Oh ! que plus tard encor, il l'est bien d'avantage !

Le printemps de mes jours fut assez attrayant :
Je ne possédais rien, mais tout en travaillant,
J'avais trouvé chez moi cette agréable aisance
Qui pour des pauvres gens est presque l'abondance.
Vivant de mon travail, j'étais toujours content :
« Bonheur passe richesse » à-t-on bien souvent. »
J'avais pris pour compagne une charmante femme
Dont les saintes vertus comblaient toute mon âme,
Et qui n'eut, en tout temps, jamais d'autre passion
Que l'amour du travail, le soin de sa maison.
Un enfant bien aimé qui, même dès l'enfance,
Fut constamment soumis à mon obéissance,
Par son doux caractère et son excellent cœur,
Faisait de ma maison un vrai nid de bonheur.
Complètement heureux au sein de mon ménage,
Le bien être et la paix redoublaient mon courage,
Et me faisait souvent former comme à plaisir

Pour tous ceux que j'aimais des projets d'avenir.
Hélas ! à l'avenir, quel est dans ce monde
Celui qui n'y croit point quand le bonheur abonde ?

Pendant plus de quinze ans, je vis tout prospérer,
Et je n'avais ici plus rien à désirer
Sinon que de bénir la sainte providence
De m'avoir prodigué ses dons en abondance ;
Quand le destin, jaloux de ma tranquillité,
Vint détruire le cours de ma félicité.
Avant la fin d'un an, je vis au cimetière
Conduire au tombeau mon fils avec sa mère.
Hélas ? ma pauvre femme avait, sans le savoir,
Un mal bien sérieux, difficile à prévoir,
Et qui, causant bientôt des ravages internes,
Trompa des médecins les sciences modernes.
Mon fils, mon seul soutien, qu'au prix de mon labeur
J'avais mis à Dohen pour être instituteur,
Venait d'être placé, quand une pleurésie
Le frappe et dégénère en véritable phthisie
Qui, tout à la sourdine et marchant lentement,
Me trompa sans pitié jusqu'au dernier moment ;
Vivant au jour le jour d'espérance meilleure,
Bercé d'illusions jusqu'à la dernière heure.
Le mieux va revenir, disait le médecin,
Et quelques jours plus tard, le mieux, c'était la fin !....
La fin du seul espoir qui soutenait ma vie
Maintenant foudroyée et presqu'anéantie !

Pour vouloir rendre ici ce que peut éprouver
L'homme qu'un sort fatal vient ainsi foudroyer,
Lui qui ne croyait point, dans sa courte existence,
Pouvoir subir un jour une telle souffrance :

Nul être ne le peut, si par l'adversité
Il n'est point à son tour de même maltraité.
On ne sent qu'à moitié le mal qu'un autre souffre ;
On ne voit le malheur qu'en étant dans son gouffre.
La douleur, peut-on dire, ainsi chauffée à blanc,
Trouble votre raison et brule votre sang.
En vain attendez vous une lueur d'espérance,
Vous n'avez plus en rien, aucune confiance.

Sur le premier moment, l'œil sombre et révolté
Semble lancer au ciel un regard effronté,
Comme pour demander à l'arbitre suprême
La cause et le sujet de ce martyre extrême.
L'imprudent vermisseau s'adresse au créateur
Et semble d'accusé se rendre accusateur.
Qu'ai-je donc fait, dit-on, ô Juge impitoyable !
Pour me poursuivre ainsi d'une haine implacable ?
Suis-je donc bien rebelle à tes commandements,
Pour m'accabler ainsi des plus cruels tourments ?
Si c'était ton plaisir d'éprouver mon courage,
Pourquoi ne las tu fait à la fleur de mon âge ?
Presque partout, je vois des gens sans foi, ni lois,
Nager dans l'opulence et vivre comme des rois ;
Quand tous tes serviteurs, leur vertu méprisée,
Leur innocente vie à chaque instant brisée,
Sont tous les jours en but aux rires insolents,
A la haine, au mépris, au venin des méchants.
Compter sur ton secours, est-ce donc une méprise
Et faut-il dire aussi, croire en toi c'est sottise ?
Ou, comme le Christ mourant pour tout le genre humain,
Les bons sont-ils créés par ton soufle divin,
Pour demeurer toujours ignorés sur la terre,
Et montrer des heureux le modèle contraire ?

Servent-ils d'holocauste aux crimes des méchants,
Et paient-ils la rançon de leurs déréglements?
Daigne donc m'expliquer ce mystère insondable
Qui rend mon existence affreuse et misérable ;
Car plus je veux creuser ce secret éternel,
Plus je trouve le chaos et la tour de babel.
Le doute avec la foi, l'espérance et la crainte
Me jettent constamment dans un vrai labyrinthe.
Mais j'attends bien en vain cette explication,
Il n'est au malheureux qu'une solution.
Naître, vivre et souffrir au toît de l'indigence,
Se courber en esclave au joug de l'opulence,
Voir tes enfants sans pain, tremblotant au réveil,
Déserter ta chaumière et fuir sous le soleil ;
Arriver, vieux et las, à la fosse profonde,
En maudissant la terre et la vie et le monde ;
Malheureux ! c'est ton sort ; tombe donc à genoux
Et rends grâce à ton Dieu de ce bienfait si doux !...

Après cette apostrophe, où le ton d'insolence
Et la fièvre en délire annonce la démence,
Vient presque chaque fois succéder à l'instant,
Une prostration pleine d'accablement.
La tête toute en feu, le cœur froid, l'âme inerte,
Certain ressort en vous, cracque, brise et s'arrête,
Comme ces mouvements, dont le moteur forcé
Se refuse au travail tant qu'il soit remplacé.
Véritable machine, usée en ses rouages,
Sautant à chaque tour, hors de ses engrenages,
L'imagination, alors, sans aucun frein,
En pleine extravagance, arrive à fond de train ;
Imitant ce vaisseau, sans voiles, sans boussole,
Qui perdu sur les flots, dans une course folle,

Vu bientôt se briser, couler bas et périr
S'il ne vient un navire à temps le secourir
Qui bravant les écueils, la tempête et lorage,
Le ramène en lieux sûrs à l'abri du naufrage.

Tel devenait mon sort, sans le sage concours
Et tout le dévouement du bon Monsieur Drancourt,
Qui seul avait le don et la grâce spéciale
De savoir adoucir la souffrance morale.
A peine passait-il quelques temps près de nous,
Qu'un bien être à l'instant rendait le mal plus doux.
Par un charme secret, sa parole féconde
Ne nous consolait point comme fait tout le monde.
Il n'employait jamais ce langage banal
Qui demeure stérile et n'ôte point le mal ;
Mais dans ses entretiens, pleins de philosophie,
Il prouvait qu'il fallait encor aimer la vie ;
Supporter le fardeau de notre triste état,
Et monter jusqu'au bout notre dur Golgotha.
« Si la douleur, disait-il, devient longue et pénible,
« La récompense au moins est toujours infaillible.
« Cessez donc ces discours, plein d'aigreur et de fiel,
« Où l'on voit votre audace interroger le ciel ;
« Luttez avec courage, et votre âme meurtrie
« Trouvera le bonheur dans une autre patrie.
« Isolé désormais sur notre sol ingrat,
« Je veux, si vous voulez, adoucir votre état.
« Pour soulager vos maux toujours au presbytère
« Vous trouverez en moi le dévouement d'un père,
« Prêt à vous consoler, prêt à vous soutenir,
« Et vous faire oublier vos projets d'avenir.
« Hélas ! qui ne fait point de châteaux en Espagne
« Quand toujours souriant, le bonheur l'accompagne ?

« Car, si tout paraît sombre avec l'adversité,
« Tout est couleur de rose en la prospérité ;
« Et c'est alors que vient l'espérance flatteuse
« Qui, tout en nous charmant, n'en est que plus trompeuse.
« Bienheureux, néamoins, si même malgré soi,
« Dans l'éblouissement on ne perd point la foi ;
« Car souvent les honneurs, la richesse et la gloire
« Tiennent Dieu loin du cœur et de notre mémoire.

    « Perdre tout ici bas, quelle immense douleur !
« Mais perdre aussi la foi, quel terrible malheur !
« Se voyant dépourvu de tout bien sur la terre,
« Oubliant de son Dieu le secours salutaire,
« Celui qui ne croît rien, n'a rien à espérer
« Et prends le désespoir pour se débarrasser.
« Abandonné de tous, le chrétien, au contraire,
« Retrouve un vrai soutien dans les bras du calvaire
« Les chagrins et les maux doublent-ils son malheur ?
« Jésus compatissant arrive avec bonheur
« Relever son conrage et, d'une main amie,
« Alléger le fardeau des peines de sa vie.
« Non, la possession de tous bonheurs mondains,
« Ne comblera jamais les souhaits des humains.
« Nous avons beau vouloir, dès la plus tendre enfance,
« Nous élever sur terre un séjour de plaisance ;
« Hélas ! vous le savez et je vous le redis,
« On ne peut de ce monde en faire un paradis.
« Toujours le cœur humain se plait à l'espérance,
« Mais toujours il grandit et meurt dans la souffrance.
« Oh ! si l'on nous abreuve à l'éponge de fiel,
« Frère prenons courage, en regardant le ciel ;
« Passons nos mauvais jours sans haine et sans envie ;
« Commençons en espoir, notre seconde vie

« *En croyant que bientôt, nous irons en vainqueurs,*
« *Retrouver près de Dieu, les amis de nos cœurs,*
« *Et jouir avec eux de la gloire eternelle*
« *Récompensant toujours l'âme pieuse et fidèle.* »

Ces sages entretiens, tirés tout simplement
Des éloquents versets du nouveau testament,
En entraînant ma foi vers une autre espérance
Me redonnait bientôt un peu de confiance.
Quand je sentais parfois mon courage faiblir,
Ma. résignation prête à s'anéantir,
J'allais, tout confiant, trouver au presbytère
Des pauvres malheureux, l'ami le plus sincère ;
Et là toujours j'avais cet accueil bienveillant
Qui venait soulager mon pauvre cœur souffrant,
En donnant chaque fois à mon âme éplorée,
Un aliment divin, une mane sacrée.
Aujourd'hui qu'il n'est plus, me voici sans retour,
Pour être torturé, délaissé pour toujours ;
Bienheureux si demain, la mort comme une amie,
S'empresse d'arriver et de finir ma vie. »

De ce pauvre vieillard j'essayais, mais en vain,
De vouloir adoucir l'excès de son chagrin.
Ce que je lui disais le rendait insensible,
Et paraissait plutôt lui devenir nuisible.

Une femme plus loin, m'aborde en sanglotant,
Et me dit « oh ! pour moi c'est fini maintenant ! »
Je retombe aujourd'hui dans mes tristes alarmes,
Et mes jours désormais finirons dans les larmes,
Car je perds celui qui, dans mes infirmités
Soutenait mon courage usé d'adversités.

Combien de fois, hélas ! prise par la misère,
N'ai-je point vu souvent l'ange du presbytère
Venir à l'impromptu, toujours discrètement,
Visiter ma demeure, et, d'un air bienveillant,
M'apporter en secret sa généreuse offrande
Sans même avoir besoin d'en faire la demande.
La charité, pour lui, devenait un devoir
Qui tout en nous donnant paraissait recevoir.
Sans cesse il me disait : « gardez la confiance
« Et pour bien mériter, prenez tout en patience ;
« Car, croyez que jamais vous ne mourez de faim
« Sur la terre ou toujour Dieu sera Souverain.
« N'avez-vous pas d'abord, un glorieux modèle,
« La mère du Seigneur, aux pauvres si fidèle ?
« Malgré votre infortune et tout votre malheur,
« Avez-vous éprouvé de plus grande douleur ?
« Quelqu'un fut-il jamais comme elle délaissée ?
« Comme elle lentement, aussi martyrisée ?
« Au pied de votre croix, regardez donc Marie,
« De son calice amer, buvant jusqu'à la lie ;
« Donnant pour nous son fils, son Dieu, son créateur,
« Seul digne d'être au ciel notre libérateur.
« Parmi nous, je le sais, vous êtes misérable ;
« Mais n'oubliez jamais ce langage admirable
« Que Jésus proclama devant Jérusalem,
« Lorsqu'il montrait au Juifs sa couche à Béthléem,
« Et qu'il leur expliquait la doctrine si belle
« Devant donner au monde une face nouvelle :
« Oh ! laissez, disait-il près de moi les enfants,
« Tous les simples d'esprit, les pauvres mendiants,
« Car c'est, en vérité, qu'ici je vous l'assure
« Ils jouiront un jour d'une gloire bien pure ;

« Et les heureux du monde, ici bas les premiers,
« Au royaume de mon père arriveront derniers,
« S'ils ne renoncent point aux fausses jouissances
« Dont les plaisirs flatteurs font toutes les avances. »

Ce langage, toujours par la grâce inspiré,
Ramenant dans mon cœur ļe calme désiré
Je me fortifiais par de bonnes prières,
Et trouvais bien moins lourd mon ballot de misères.
Mais, si mon guide au ciel a dirigé ses pas,
Qui viendra soulager mes peines d'ici bas ?
Qui, de la pauvre veuve, ouvrira la demeure,
Pour s'informer encor si je vis si je meure ?
Et, sans aucun secours, pas plus loin que demain
Qui s'aura que j'ai froid, qui s'aura que j'ai faim ?

Celui qui le saura, croyez-le bonne femme,
Ce sera le bon Dieu dont le cœur tout en flamme
Brûle d'amour sans cesse et vous prépare au ciel,
Pour votre récompense, un bonheur éternel.
Puisque Monsieur Drancourt vous a tant prémunie
Contre la défaillance aux malheurs de la vie,
Pouvez-vous désormais oublier un instant
Qu'il faut-être ici bas résigné constamment
Persuadé qu'il est, et que toujours il reste,
Votre bon protecteur près de la cour céleste ?

Oh ! qu'il doit-être doux de partir pour le ciel,
En laissant sur la terre un amour si réel,
Se traduisant partout en concerts unanimes,
Exaltant vos vertus en louanges sublimes !
Qu'ils seront regrettés tous ces dons précieux
Qui rayonnaient en vous d'un éclat radieux,

Malgré l'humilité vous faisant chercher l'ombre
Et la dernière place en le coin le plus sombre.
Oubliera-t-on jamais cet air de dignité
Qui de nos grands prélats avait la majesté,
Et vous communiquait cet étonnant prestige
Apportant à nos sens le charme du prodige,
Quand, plein du feu sacré, vous montiez à l'autel
Pour célébrer l'office en un jour solennel,
Avec tout cet éclat qu'une sage ordonnance
Charmait bien plus encor que la magnificence ?
Qui ne se sentait point saisi d'admiration
Lorsque de votre voix l'étonnante expression,
Faisant à volonté le ténor et la basse
Nous extasiait tous en chantant la préface,
L'alleluia pascal, l'adeste de noël,
Ces sublimes motets s'élevant vers le ciel
Avec cette harmonie et ces tons angéliques
Si digne d'honorer nos grandes basiliques ?
Oui, votre chant était un langage divin
Que l'on comprenait tous sans savoir le latin,
Et qui nous enseignait comment la créature
Doit exprimer ses vœux au roi de la nature.
En vous voyant entrer dans la maison de Dieu
On était pénétré de la grandeur du lieu :
Car votre dignité sainte et majestueuse
Causait l'impression la plus respectueuse ;
Aussi votre paroisse en toute occasion
Etait-elle un miroir d'édification.
Si jamais imprudents avaient dans nos églises,
Remplis d'un fol orgueil, fait preuve de sottises,
Alors comme Jésus dans l'indignation
Chassa tous les vendeurs du temple de Sion,
Vous les eussiez bientôt, plein de sainte colère,

Foudroyés sans pitié d'un regard si sévère,
Que tout à la sourdine, nous les aurions vus
Comme de vrais badauds s'en aller tout confus.

Enfin je finirai par ce puissant génie
Qui vous a fait créer ce beau mois de Marie,
Ce précieux chef-d'œuvre où l'imagination
S'arrête sous le joug de l'admiration.
Son genre gracieux et sa riche élégance
En font dans notre Artois un des plus beaux de France.
Oui, ce trésor de goût est bien certainement
Unique en son travail sous tout le firmament ;
Car il ne contient point aucun style ordinaire
Employé d'habitude aux temples de la terre.
Ne faut-il point penser qu'en secret l'éternel
Vous a, comme saint Paul, transporté dans le Ciel
Pour vous faire un instant, contempler des merveilles
Comme l'homme jamais n'en peut voir de pareilles ?
Il faut le croire ainsi : car, en tout temps, vos vœux
Exprimaient le désir de voir l'éclat des cieux ;
Et vous n'avez copié ce merveilleux portique,
Ces dessins ravissants, ce trône magnifique,
Ces sveltes clochetons, si fiers et si coquets,
S'élançant gracieux au plus haut des sommets,
Ces courbes se tordant sous des formes nouvelles,
Ces décors dentelés, ces rosaces si belles,
Ces portes à panneaux percés de mille jours,
Ces colonnades enfin aux séduisants atours,
Qu'au palais que là-haut, doit habiter la reine
Qui tout ange a nommée unique souveraine.

Oui, ce doit-être ainsi, qu'au milieu de ses lys,
La vierge immaculée orne le paradis ;

Et jamais, jusqu'ici, aucune intelligence
N'avait pu lui créer tant de magnificence.
Ce monument divin, que l'amour et la foi
Vous ont fait pour lui plaire élever au Cauroy,
Nous donne un avant goût des beautés merveilleuses
Qui décorent partout la cité bienheureuse.
Aussi, pour admirer ce chef-d'œuvre divin,
De votre humble paroisse on prenait le chemin.
Partout sa renommée était si bien connue,
Même dans les cités si bien répandue,
Que, quand nous revenait ce joli mois des fleurs,
Ce mois cher à Marie, un flot de visiteurs
Accouraient de bien loin voir cet effet magique,
Qu'opérait aux regards cet autel féérique.

Qui pourrait exprimer ce que l'on éprouvait
Quant, à ces beaux saluts, le soir on assistait ?
Etait-on bien certain d'être encore sur la terre ?
Ne fallait-il pas croire avoir changé de sphère,
Lorsque retentissaient les chants mélodieux
De ces concerts divins s'élevant vers les cieux,
Dans ce bosquet de fleurs fraîches et souriantes
Que des gerbes de feu rendaient resplendissantes,
Et qu'achevait d'orner Marie dans la splendeur,
Rayonnante de gloire et de toute grandeur ?
Notre âme, en s'enivrant d'un charme si splendide,
Vers d'autres régions prenant son vol rapide,
Ne fallait-il donc pas se croire transporté
Dans un vrai paradis, un Eden enchanté,
Savourant à souhait tous les plaisirs des anges
Dans la béatitude exquise et sans mélange,
Où les illusions d'un bonheur épuré
Nous berçaient doucement dans un rêve doré,

Et donnaient à nos sens la preuve manifeste
Que rien n'est comparable aux voluptés célestes ?
Aussi quand tout-à-coup, le chant divin cessait
Et que l'obscurité peu à peu revenait,
Ce n'était qu'à regret, et même avec tristesse,
Que l'on abandonnait cette attrayante ivresse :
Charmante vision nous transportant au ciel
Pour y voir des élus le bonheur éternel.
Aussi, toujours rêveur et la marche indécise,
Avions-nous de la peine à sortir de l'église.

Je termine et m'arrête, ô bien digne Pasteur,
Car je pourrai encor citer avec bonheur
Bien d'autres vertus, au moins si recherchées,
Que notre modestie à su tenir cachées.
Si je voulais en faire un récit plus parfait,
Pour ne rien oublier, j'irais à Maintenay,
Compléter mon sujet chez le baron de France
Dont vous avez comblé la plus douce espérance,
En dotant sa famille, avec autant d'éclat
Des dons si précieux d'un bon préceptorat.
Là, je dirais comment, imitant avec zèle
Le sage Fénelon, cet illustre modèle,
Vos élèves bientôt, toujours victorieux,
Remportèrent partout des succès glorieux.
Je vous les montrerais parmi cette assistance
Apportant le tribut de leur reconnaissance ;
Car ce noble jeune homme, ici triste et rêveur,
C'est l'enfant d'autrefois pleurant son précepteur,
Et qui, malgré le froid, les frimas et la neige,
Arrive de bien loin grossir votre cortège,
Par ses frères chargé de venir en ces lieux
Témoigner leurs regrets, exprimer leurs adieux.

Mais pour ne rien passer j'aurais bien trop à faire,
Et ma muse est trop pauvre et surtout trop vulgaire.
Il est vrai qu'il me reste à peindre la stupeur,
Le profond désespoir et la grande douleur,
Dont furent accablés vos bien aimés confrères
En apprenant soudain, ô destinées amères !
Que la mort sans pitié, avait subitement
Rejeté votre vie à l'oubli du néant.
Il manque à mon tableau ces pompes si célèbres
Qui brillèrent partout à vos honneurs funèbres.
Mais, je le dis, c'est trop pour mes faibles talents
Qui ne peuvent exprimer que de faibles accents.
D'ailleurs j'entends déjà, dominant l'auditoire,
D'autres voix que la mienne élever votre gloire ;
Et Monsieur le Doyen (¹) commence en ce moment
Votre panégyrique en style plus brillant.
Déroulant à grands traits l'admirable carrière
Qui vient d'honorer votre saint ministère,
Son langage sublime et plein d'émotions,
Sait relever si bien toutes vos actions ;
Que de nouveau bientôt, on voit dans l'assistance,
Couler de tous les yeux des pleurs en abondance :
Sans nulle exception, personne en ce moment
Ne peut cacher sa peine et son accablement.

Quelle est maintenant cette voix pathétique,
A l'accent émouvant, pur, aristocratique,
Si pleine d'élégance et de distinction?
C'est celle assurément de Monsieur le Baron...
Oui, Monsieur de Beauffort, si sobre de louanges,
Qui dans la vérité n'admet point de mélanges,

(1) M. Lefin.

De toutes vos vertus connaissant la valeur
Veut par lui-même ici venir vous rendre honneur.
Son allocution, si touchante et si belle,
Prouve ce que vous doit la paroisse nouvelle
En montrant le courage et l'abnégation .
Dont vous avez fait preuve à son érection,
Pour tout organiser avec tant de prudence,
Et pour tout embellir avec tant d'élégance.
« Qu'il était doux, dit-il, près de ce travailleur
De venir cultiver la vigne du Seigneur ;
Les ronces se garaient, et tous les sacrifices
S'accomplissaient sans peine et même avec délices. »

Cet éloquent discours met le dernier brillant
Sur vos vingt ans ici passés en dévouement,
Et Monsieur de Beauffort, dans son âme si bonne,
Ne pouvait vous offrir de plus belle couronne.
Mais voulant encor plus, il daigne comme nous
Transporter votre corps au dernier rendez-vous.
Monsieur de Kergorlay, son fils par alliance,
Imite son exemple et sa reconnaissance.
Qu'ici mon faible éloge a donc peu de valeur
Devant tout ce tribut de respect et d'honneur,
Donné par les enfants de cette illustre race
Allant en Palestine attaquer face à face,
Le cruel Musulman régnant en souverain
Sur le tombeau du christ sauveur du genre humain.
Nobles fils des croisés, déjà de l'autre vie
Monsieur Drancourt ému de loin vous remercie.

Adieu donc ! ou plutôt disons nous : au revoir !
Puisque nous avons tous le véritable espoir,
D'être un jour réunis dans une autre patrie

Pour y vivre à jamais d'une éternelle vie,
Et jouir au complet du bonheur des élus
Si nous le méritons par de saintes vertus.
Planant du haut du ciel, c'est la notre espérance,
Vous nous tienderez soumis à la persévérance ;
Vous resterez de loin le phare lumineux
Qui nous guidera tous, de lu voûte des cieux,
Pour passer à bon port, la vague dangereuse
Et tous les grands dangers de la mer orageuse.
Nous n'avons rien à craindre, vénérable Pasteur,
En vous ayant toujours pour notre défenseur ;
Cette bonne paroisse, ardente catholique,
C'est bien votre famille et votre fille unique ;
Car pour elle autrefois, n'avez-vous pas daigné
Refuser sans regrets, l'offre d'un doyenné
Que notre saint prélat (¹) vous faisait en avance
Comme un gage attendant une autre récompense?
Un père tel que vous ne peut guère un instant,
N'importe dans quels lieux, oublier son enfant ;
Et s'il doit s'éloigner, c'est un ami fidèle
Qui vient à son départ en prendre la tutelle.
Obtenez donc de Dieu qu'un digne successeur
Vienne vous remplacer, et mettre son bonheur
A maintenir en nous cette divine flamme
Qui, guidant la vertu, fait le bonheur de l'âme.

Tout à la vérité ce modeste récit,
Qui ne peut craindre en rien le moindre démenti
De ceux qui de tout près ont connu l'existence
De cet homme parfait dès la plus tendre enfance ;
Sera-t-il néamoins peut-être suspecté

(1) Mᵍʳ *Lequette.*

Par cet esprit railleur de l'incrédulité
Qui, mettant tout en doute, attaque avec furie
Même les actions les plus dignes d'envie ;
Qui, ne croyant qu'au mal, répête son dicton :
Le bien n'est qu'un beau rêve et la vertu qu'un nom !...
Triste et fâcheux produit d'une erreur mal famée,
Jetant aux quatre vents sa graîne envenimée
Pour souiller et salir, de son stygmate impur,
Tant de nobles cœurs au dévouement si pur,
Tant de nobles âmes dont la vertu qui brille
Fait de tout l'univers une seule famille.

L'ardent missionnaire allant, avec transport,
Eclairer l'infidèle et conquérir la mort.
Le modeste aumônier courant, sous la mitraille,
Consoler les blessés sur le champ de bataille,
Ou dans le noir cachot, ce qui n'est point moins beau,
Embrasser le bandit partant pour l'échafaud,
S'estimant bien heureux si, pour sa récompense,
On ne lui jette en face une ordurière offense.
Le curé de campagne, éclairant les enfants
Et faisant sentinelle au chevet des mourants ;
Ces vierges du Seigneur, ces anges de la terre
Qui vont faisant le bien, sans chercher le salaire,
Travaillant nuit et jour à donner au prochain
Et le bonheur terrestre et le bonheur divin.

Avant de l'insulter, cherchons à mieux connaître
Tout le bien que peut faire un véritable prêtre.
Si l'église à parfois d'indignes serviteurs,
On ne saurait compter le nombre des pasteurs
Qui, marchant à grands pas sur les traces divines,
Une croix à la main, arrachent les épines

Et, dussent-ils cent fois se blesser au travail,
Font un chemin facile aux brebis du bercail.
Vous qui calomniez, qui ne croyez qu'aux vices,
Montrez-nous donc ainsi vos états de services ?
Faites votre examen, et dites-nous, hélas !
De quel côté seront les plus nombreux Judas ?
Cet examen fini, si vous êtes sincères,
Pour les soldats du christ soyez donc moins sévères ;
Laissez la calomnie à l'éternel sommeil.
Comme vous devez croire à l'éclat du soleil,
Croyez aux nobles cœurs, croyez aux nobles âmes
Chez qui l'amour du bien n'éteint jamais ses flammes ;
Croyez aux dévouements qui poursuivent leurs cours
Répétant à jamais, ce mot béni : toujours !.....

J. GERVOIS.

Liencourt, 28 Décembre 1875.

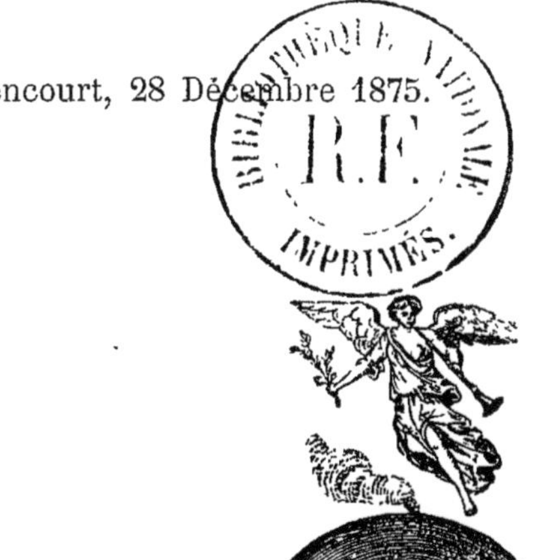

Arras. — Imp. A. Brissy, Bradier, succr.

9 782019 262198